冠雪富士

池井昌樹

思潮社

目次

装幀＝高貝弘也

冠雪富士　池井昌樹

千年

私は神鳴りが怖い。音も光も耐え難い。畏《おそ》ろしい。遠雷を聞くだけで身も世もなくなる。穴があったら入りたくなる。幸いそれが休日なら耳に栓詰め頭から蒲団を被る。呆《あき》れ顔の妻を尻目に桑原桑原唱えつつひたすら雷鳴雷光が去るのを待つ。かたく眼を閉じ天《あま》翔ける麒麟や龍に想いを馳せる。それは至福の一刻でもある。何時しか転《うた》た寝していたりする。うっすら頭から黄砂被され。束の間千年の眠りを眠る。虹が立ち。香木の夢を私は夢見る。

一夜

わたしをたずねてきたという
つとめおわったほんやのよるに
まずわかわかしいおとうさん
まだういういしいおかあさん
おいででしょうか　いけいさん
おずおずたずねるそのうしろ
あたまだしたりかくしたり
ちいさなおとこのこがふたり
なにかおつたえしましょうか
いいえそれにはおよびません

くもよかすみよさざめきながら
そそくさきえてしまったという
こころあたりをあれこれと
あれこれおもいめぐらすうちに
おもいあたったものたちが
そういえば
あれはいつかのわたしたち
いつかどこかではぐれたきりの
まさしくあれはわたしたち
あれからわたしはただいまと
いつものようにおかえりと
いつものようにゆめをみて
ひとよのゆめのさめるまに
すっかりあたまもしろくなり
おいさらばえてしまったけれど

あのものたちはあのひのまんま
あれからどうしていたのだろう
どんなようむきだったのだろう
まだわかわかしいおとうさん
まだういういしいおかあさん
ちいさなふたりのおとこのこ
もうあとかたもないものたちが
こんなさびしいあけがたに
こんなところでいまもまだ

秋刀魚

ちかくにおおきなほんやができて
ちいさなほんやはひだりまえ
ぼくのはたらくほんやもやはり
あおいきといきしおたれて
いまかいまかとおののくうちに
しらないだれかやってきて
なにやらおかねのはなしをはじめ
ひそひそぼくのはなしをはじめ
からだぜんぶがみみになり
つむりたくてもつむれずに

ぼくはみもよもなくなって
のどのおくからにがいつば
いっしょけんめいはたらいた
こんなにこんなにがんばった
のに
あなでもあったらはいりたく
にげだすようにかえってくれば
さんまのけむりがたちこめて
ぱあとですっかりひやけした
あなたがにっこりたっていて

手の鳴るほうへ

それはきれいなおつきさま
あんたも　みてみ
でんわのむこうでいなかのははが
むすこはははのとなりにすわり
それはきれいなおつきさま
かたをならべてみあげていたが
そんなうそならもうたくさん
としおいたはははおきざりにして
むすこはこんやものんだくれ
ホームのベンチでよいつぶれ

ゆめみごこちにきいている
おきゃくさん
さいごのでんしゃ　でましたよ
やれやれまたか　どっこいしょ
こしにてをあてみあげれば
それはきれいなおつきさま
つきのひかりのそそぐなか
むすこはひとりいずこへと
——あんよはじょうず
　てのなるほうへ

草を踏む

いつだったかな
おまえとは
このよのくさをふみしめた
ことがあったな

おまえとはだれだったのか
わたしとはだれだったのか
どんなあいだがらだったのか
なんにもおぼえていないのに

どこだったかな
ふたりして
このよのくさのうえにいた
ことがあったな

いまはじまったばかりのような
すっかりおわってしまったような
めもあけられないいまばゆさのなか
こころゆくまでみちたりて

すあしでくさにたっていた
ことがあったな
ただそれだけのことだけが
ただそれだけのことなのに

幼心

日曜の朝は嬉しかった。父も母も姉もいた。階下には祖父母もいた。大祖母もいた。物心つく前の頃だった。普段は階下の黒光りする飯台で揃って囲む食事だったが、日曜の朝は鳩小屋のような明るく小さな階上で親子だけのこともあった。祖父母に馴染まぬパン食の折りかもしれない。何よりも牛乳が楽しみだった。毎朝誰もが牛乳を飲める時代ではなかった。財布の紐は祖母が握っていたから、母の毛糸編みの内職で捻出した牛乳だったのだろう。水滴を弾《はじ》いた分厚い壜の広口から直《じか》に飲むその液体は驚くばかり濃く甘く、陶然となった。一滴残らず搾るように飲み干して、すっかり味の無くなるまで広口を綺麗に舐《ねぶ》った。栄養の乏しい時代だった。白く滑らかなその液体には何処か仄青い光輝があった。おさな心は感動を忘れまいと牛乳の蓋を集めた。メンコ代わりにもした。蓋には鳩の絵がややぶれ気味に刷られていた。フジハト牛乳という地元の小さな製菓店だった。フジとは窓の遠くに霞んでいる姿優しい飯野山《いいのやま》——讃岐富士のことだった。あそこから翔んできた翼広げた鳩の絵は月よりの使者月光仮面を想わせ、おさな心はときめいた。食後に葡萄が出た。特別な折りにしか口に出来ない「水菓子」だった。夢のようだった。食べ終えた葡萄の皮を一升壜に詰め、父が菜箸で突っ突き始めた。葡萄酒を造るのだという。おさな心はまたときめいた。姉と弟は代わる代わる壜の中を夢中で突《つつ》いた。葡萄酒は完成したかしなかったのか。私の奥処には何事か指折り数え待ち侘びるおさない興奮《ときめき》が酵母のように今もなお微かに弾ける。父は死んだし、あの家も、フジハト牛乳も疾っくのむかし絶えてしまったが。

喜望峰

小学三年のとき私の家族は転居した。どんな経緯《いきさつ》だったのか、同じ市内とはいえ私は生家を喪《うしな》ったのだ。両親と姉と私が一足先に新居に落ち着き、片付けの残る祖父母は暫くもとの家で暮らしていた。通学路だったから学校帰りにきまって立ち寄った。祖母の供してくれるお八つが目当てだった。あるときは火鉢で炙った食パンにバターが塗られてあった。餅網の焦げ目のついたそれはそれなりに美味しかったが、こんなんじゃない、何時ものバターをと私はしつこく祖母にせがんだ。私の中にはもと居た家でもと居た私の慣れ親しんだその風味と色香がありありとまだ遺されていた。怪訝な顔で祖母は明日を約してくれたが、その明日も、その明くる日も望んだバターは味わえなかった。あれは夢だったのかしらん。やがて祖父母も新居に合流し、もと居た家は跡形もなくなり、私は次第にバターを忘れた。

そのバターと再び出会ったのはそれから半世紀ほども経た東京でのこと。勤務する書店の遅い昼休みに偶々捲っていた内田百閒の文庫本の頁にそれはあった。百閒先生の「バタ」は遠く喜望峰を経て船で運ばれてくる罐詰だから独得の強い塩味があった。私はその頁の前で釘付けとなった。靴墨のような罐詰の蓋の厳《いか》めしい模様と得体の知れない外国語、蓋を剝がした油紙の滲んだ手触り、パンに擦《なす》れば陽光のように忽ち明るく華やかに蕩《とろ》け出す琥珀色、琥珀色を透かして生き活きた生家での幼年時の刻々がありありと甦ってきた。祖父はかつて郷里の商船会社を営んでいたから大陸との交易があり、喜望峰を巡り大陸を経てもたらされた塩気の強いバターは我が家の常備菜だったのだろう。その祖父も、祖母も父も疾うに逝き、息子たちが巣立ち、異郷を転々とする日日の生計《たつき》の果てに、思い掛けないこんな遠くで、私はあのバター付きパンを再び手にしていたのだった。

柳河行

公立高校入試に落第した私は愈々詩へと耽溺していった。見るに見兼ねたのか父は漸く九州への旅を許してくれた。母の同伴が条件だった。隣町高松の進学高校へ通い始めたら機会は無いと思った。中学最後の、そして高校最初の春休み、私はどうしても憧れの先達北原白秋の生地を踏みたかった。九州行きの連絡船の発着する高松桟橋まで父が見送りにきた。父とは反目していたが、その夜は何故かちちははに連れられ三越の食堂で御馳走を食べた遠い日を思い出した。エコノミークラスの船室に落ち着き毛布を手にした母は俄《にわか》に屈託無くなり、新婚旅行らしい隣のカップルと菓子の遣り取りを始め、新婚さんに貰《もろ》うたおみかんやからアツアツやわあ、などとはしゃいで私を戦《おのの》かせた。私は父の書架からくすねた昭和二十二年河出書房刊の馬糞紙でつくったような『白秋詩集』を腹這って読み耽った。むずかしげな本読んどるのう、向かいの老爺から話し掛けられた私に代わって母は、へえ、この子は詩のコンクールで日本一になったんですわ、などと大声で応え、またしても私を戦かせた。こんな母を見たことがなかった。嫁という柵《しがらみ》を一刻解かれ母は心底寛《くつろ》いでいたのだと思う。現在のように誰もが気軽に旅行出来る時代ではなかった。しかし、隣合わせた者同士が菓子を交換したりおしゃべりしたり、長閑《のど》かで幸福な時代でもあったのだ。

柳河では呑子《どんこ》舟で『思ひ出』のままの掘割を巡った。水底の欠け茶碗一つにも白秋の吐息を感じた。生家には白秋が隆吉少年の頃に使っていた文机が窓際にあり、やはりなまなましい吐息を感じた。来て良かった、と思った。立ち去り難い生家の朽ちかけた海鼠壁《なまこかべ》の一片をそっと剝ぐと、母はもう一片を素早く捥ぎ取りちり紙に包《くる》み私のポケットに捩じ込んだ。とんでもない母子《おやこ》だった。掘割に沿い私たちは夢のように経巡り歩いた。『思ひ出』のままの様々な花々が咲き競っていた。私は道々それらを母へ解説し、解ったのかどうなのか母は逐一うなずいていた。私は中学の制服姿、母は着物のよそゆき姿だった。記念写真の一枚くらい撮っておけばよかった、今にしてそう思う。舟着き場に近い宿で夕飯を食べ私たちは早々に寝付いたのだが、帰りの汽車の時間に遅れるという母の声で起こされ急かされ、眠い眼を擦りつつ洗面所へゆくと窓越しの空に星が出ている。寝惚けた母が枕元の置時計を逆さに見て、午前二時を七時と間違えたのだった。

楽しかった思い出はやがて詩となり、私は初めて「詩学」へ投稿した。その詩「春埃幻想」は「詩学」史上最高点で第一席となった。選者は山本太郎、宗左近、中桐雅夫、嵯峨信之。皆物故され「詩学」も無くなってしまったが、先達四氏の合評を震える指で頁繰りつつ仰ぎ見たあの興奮《ときめき》はあの日のままに。未踏への憧れは今もなお私の胸に。

この道は

あめのこと
あめこんこんとよんでいた
とおいむかしのにおいがする
みちばたにくさばなゆれて
あめこんこんかすかにゆれて
わたしはわたしのなくなるような
わたしがわたしでなくなるような
かすかなかすかなおもいのなかを
あめこんこん
あめこんこん
いつかだれかのあるいたみちを

蜜柑色の家

地元公立高校入試にただ一人落第した私は隣町高松の私立高校へ通うことになった。朝焼けの農道を歩いてバス停へ。五時四十分始発のバスに乗った。中学時代の仲間たちが黒に金釦の公立の制服で大勢乗り合わせる鉄道はいやだった。九十キロの肥満体を紺の蛇腹の制服で押し隠すように、私は毎朝バスの最後部の座席に身を縮め、鞄を抱え、詩のみを想い、ひたすら固く眼を瞑っていた。まるで肥え過ぎた紅顔の求道者のように。高松へ着いて、いちばん後から席を立つと、制服にタバコの灰が擦《なす》りつけられていたりした。

駅近くの自転車置屋（そんな商売があったのだ）の老爺老婆から坊っちゃん、坊っちゃんと見送られ、いたたまれない思いでおよそ七キロの道程《みちのり》を雨の日は傘を片手に山奥の高校まで通った。その途次、ちちははに良く連れてきてもらった栗林《りつりん》公園を過ぎるときには何ともいえず切ない思いがした。ずいぶん遠くへきたもんだ、私は何時もそう嘆じていた。その山道では突然野生の雉子が飛び出してきたりした。鋭い鳴き声を挙げながら、それは一瞬虹彩のように私の眼前を駆け過ぎていった。輝かしいあの幼年期のように。

年に一度、あれは教師との三者面談の日でもあったか、母と高松駅前の食堂に入ることがあった。父の勤める琴参バスのビルだった。ラーメンと鉄火巻。私はいつもその二品だった。いずれもが特別の御馳走だった。ラーメンは幼い私を連れて母が、私を楯に、贔屓の橋蔵映画を観た帰りに食べさせてくれた。丼の底の一滴まで綺麗に啜った。鉄火巻は父が教えてくれた。買ってもらったばかりの自転車で父と初めて遠乗りした折り、丸亀という街で食べた。この世にこんな旨いものがあるのかと瞠目した。和服姿に装った母の前で私はすっかりあの頃に戻り、ラーメンと鉄火巻を平らげていた。ずいぶん遠くへきたもんだ、心の片隅でそう思いながら。未だ子どものくせに。

あれから半世紀近い歳月が過ぎ、その間私は東京に住み暮らす人間となり、瀬戸大橋が完成し、帰省の折りにも高松駅を利用することがなくなった。息子たちの幼かった頃は懐かしさもあり連れ歩いた高松だが、もう何十年も足を向けない。宇高連絡船もなくなり、築港も駅舎もすっかり様変わりしたと聞く。琴参ビルは疾っくに跡形もないだろう。思えば遠くへきたもんだ、熟《つくづく》と、そう思う。

しかし、あれから、ラーメンと鉄火巻に充ち足りた私と訪問着姿の若い母はどうしただろう。煮干の出汁の匂いのする薄暗い駅舎の改札を抜け、微かに潮鳴りを聞きながら、いまはないディーゼル列車にゆられ、いまはない窓外を眺め、いまはない、何処へ帰っていったのだろう。そうだ、あの頃は祖父母もいたな。愛犬コロも尻尾振り振り迎えてくれたな。父はまだ会社だろうな。姉は帰っているかな。いまはもうなにもかもことごとく喪《うしな》われてしまったにも拘らず、いまもなお、あの頃のまま、蜜柑色の陽に包まれた家。父の十三回忌も過ぎ、母が施設に入り、いまはもぬけのからの家。あの家をいま私は思う。妻がパートに出掛けていて、夜勤を独り待ちながら。部屋一杯に蜜柑色の陽が差し込んで、なんにも訪うことのない、私の心は閑寂だ。

兜蟹

前作『明星』を校閲中、馴染の編集者からある箇所を指摘された。「辺《あた》りの水田から一斉に蛙声が湧き螢が舞い兜蟹の幼生が銀河のように渦巻いたかつての郷里」。この兜蟹とは兜蝦の誤りではありませんか。海生の兜蟹が水田に棲むはずがありません。だとすれば、これはフィクションということになりますね。フィクションにされては叶わない。父娘《おやこ》ほどにも隔たりがありながら歯に衣着せぬ敏腕編集者の物言いに私は怖《おじ》け、即座に「兜蝦」を受諾したのだった。それから程無いある昼下がり、勤務する本屋の客も疎らな売り場から、ぼおっと天井を見上げていると、私の胸底をこつこつと打つものがある。兜蟹だった。私の産土《うぶすな》香川県坂出《さかいで》市梅園《うめぞの》町は古い埋立地で、井戸水にも淡い塩味があった。田圃《たんぼ》の井手《いで》には生活用水も注いだが、小学校の行き帰り、私たちは藻の揺れるその陰で銀河のように渦巻く美しいものを見ていた。まぼろしでなく、掌に掬えば琥珀色に澄むその甲殻を飽かず見ていた。「どんがめだ」。「どんがめだ」。辺りから歓声が起《た》ち……。そうだ、あれは、やはり兜蟹だったのだ。校了間際に私は慌てて編集者へ電話し、再度の訂正を乞うた。ふうん、そんなことって、ほんとにあるんですね。歯に衣着せぬ彼女は半信半疑のようだったが、紛れもなくあれは兜蟹だった。そういえば、生家の縁の下へは石榴《ざくろ》の爪を振り立てながら海生の蟹も姿を見せた。何処をどう経巡りあんなところへ現れたのか。ちちははのちちはは、そのまたちちははの遐《とお》い遐い昔から、ながくながく私たちとともに在り続けてくれたものたち、あのものたちは何処へ往ってしまったのか。否《いや》、あれらはほんとうにあったことなのだろうか。ぼおっと天井を見上げながら、淀みに浮かぶうたかたを、かつ消えかつ結びてとどまることない歳月を、差し込んでくる陽の底で。

月

それはきれいなおつきさま
あんたも　みてみ
でんわのむこうでいなかのははが
ははははしせつへゆくことになり
それはきれいなおつきさま
のぞんでももうかなうまい
むすこはくるしくうしろめたく
いますぐいなかへかけもどりたく
さりとてもどるにもどられず
なにかてだてはないものか

だれにきいてもしのごのばかり
しのごのしのごのうやむやばかり
ふたおやかいごでかよいづめ
つまはかなしくめをふせて
ばんさくははやつきはてて
むすこはみじかいしをかいたのだ
ははとならんでいなかのいえで
つきをみあげるみじかいし
——それはちいさな
まずしいつきを

内緒

いなかのいえのひだまりに
しんぶんがみひろげ
あつあつコロッケたべたっけ
かあちゃんと
くすくすわらってたべたっけ
まだかえらないとうちゃんや
じいちゃんばあちゃんいぬのコロ
みんなにないしょでたべたっけ
いなかのいえのひだまりに
それからなにがあったのか

それからコロはいなくなり
そふぼもちちもいなくなり
ははをしせつへおいやって
いまはもぬけのからのいえ
いなかのいえのひだまりを
いまごろぼくはおもうのだ
あとかたもないこのぼくは
かあちゃんと

忙

いまもむかしもあたらしい
のに
いまはもうないものばかり
いまごろこころにうかぶのだ
それはたとえばふうりんのおと
たなばたかざりのゆれるおと
つばめのひなのあかいのど
えんそくのひのまくらもと
こころときめかせたものばかり
むかしながらのさざなみのよう

いまもよせてはかえすのだ
いまもむかしもあたらしい
のに
いまはみえないこころへと

秋天

ほんとだったらいまごろは
うんどうかいのはなびがはじけ
こうていのすみくさむらで
かけっこれんしゅうしていたな
こおろぎいっぱいはねてたな

ひゃくえんまでときめられた
おやつはどれにしようかな
しろいまえかけしめたはは
もぎてんにいてわらったな

ほんとだったらいまごろは

だからほんとじゃないんだな
いなかのしせつにいるははも
とかいでくさっているぼくも
つとめがなくなりそうなのも
ほんとはほんとじゃないんだな

ほんとだったらいまごろは
そろそろべんとうひらくころ
ははのむすんだおむすびの
ぬくもりのまださめぬころ

冠雪富士

晴れて還暦、定年を迎えた。こんな出来損ないが三十四年ものあいだ、曲がりなりにも同じ本屋でいさせてもらえた。僥倖のほかはない。細やかなそのお祝いに、というわけでもないが、妻と久々連れ立って表参道まで谷内六郎展を観に出掛けた。混み合う朝の井の頭線の車窓から、美事に雪を頂いた富士が一瞬、歓声を挙げる間もなく過ぎ去った。それは驚くばかり間近で鮮やかだった。そういえば、そんなことがあったな、何時か見た夢を思い出していた。まだ客のいない会場ではパネルに貼られた複製画が陽を一杯に浴びていて、何ともいえない気持ちになった。谷内六郎はもう何処にもいないのだった。妻は誕生日のことを憶《おぼ》えていたようで、夕餉にウイスキーを一本供してくれた。細やかなこの一日はやがて跡形もなくなり、勿論、誰の夢の片隅へさえ現れることはない。ヒトの一生なんか墓標一本だな、誕生日を知るものなんか金輪際もうないんだろうな、酔いにまかせて独り言つうち、つましい尾頭付を皆で囲んだ幼い日が思い起こされ、矢も楯もたまらず、いまは施設で暮らす郷里の母に電話した。「二月一日は何の日じゃ」。「何の日じゃいうて、まさきの誕生日じゃろうが」。息子は胸が熱くなった。「おなかすかしたまさきが待っとるけん、早よう帰らんならんのじゃ」。「そのまさきとは、このわしのことじゃろうが」、とはいわなかった。

桃

二十三回忌を迎えた。参会者の増えるのは結構なことだが、故人旧知のお顔が年々見えなくなるのは淋しい。会場の古楼も古色を遺しつつ現代風に建て替わり、手狭となった。時の流れに抗える何もない。しかし、その一周忌から矍鑠《かくしゃく》と御参会賜っている先生だ。少々腰を痛めておいでと聞き、如何なものかと案じつつお送りした御案内にただ一言、「ぼくはゆくよ」と返してこられた。有難く、嬉しかった。何時もの破顔でお見えになられた先生は、御用意した座椅子に掛けられ、故人の遺影を不思議そうにしげしげと、あんまり呑みも食べもせず、しかし、御満悦の御様子だった。話し掛けるものもなさげで気になったが、手狭な会場では近付くことも儘ならず、私はやがて先生を忘れ、しかもしたたかに酔っ払った。シマッタ、と思ったが遅かった。酔い痴れた私の手を握りしめ、有難う、そう仰った声だけ仄かに覚えている。先生は、それからどうされたのだろう。雪の降る夜道を独り、桃の小枝を片手に、まぼろしの杖を突き、まぼろしの駅まで歩き、まぼろしの電車に乗り、まぼろしの電車を乗り替え、何処《いずこ》へとなく、雲を霞と消え去られたか。先生のことは殆ど知らない。密かに詩のようなものを書いておられることのほかには。時々、やまな、とか、あしかが、とか、聞き慣れない知人の名を懐かしげに口籠《くちごも》られることもあったが。そういえば、きみとは同郷だからな、という御言葉を何時か聞いた。郷里が何処かも忘れてしまった私だが、そういわれれば、幼い頃、やはり幼い先生と肩を並べて夜空に開く大輪の花火に見惚れたような気がしてくるのだった。あれからもはや長い長い歳月が流れ、百回忌を迎える今年、いくらなんでも、と躊躇《ためら》いつつお送りした御案内にただ一言、「ぼくはゆくよ」と。先生の御尊名を、今も存じ上げない。

からたちの花

片想いの女性を追いかけ本屋で働き始めたのはいいが、彼女にはすぐに逃げられ独りきりの日々、さりとてもはやちちははの子には戻れず自暴自棄だったその頃、詩を書いている友人と奥さんがお花見に誘ってくれた。お花見なんて何時以来だろう。しかも、初めての夜桜だ。心が久々浮き立った。教えられ赴いた公園の池の辺《ほとり》にビニールシートを広げ、友人夫婦がニコニコと手を振っていた。シートの上には奥さん手作りの御馳走が並び、酒もあった。池の面へ色彩に明かりが映り、此処は竜宮なのかな、私は感激し、酔い痴れ、「からたちの花」を大声で歌った。歌い終え腰を下ろすと、闇の周囲から拍手が起きた。それは思い掛けない万雷の拍手だった。心の閊《つか》えが一度にとれて、涙ぐましい気持ちになった。やさしさに包まれていると思った。それから何処《どこ》をどう経巡り帰宅したのか、今では妻と二人きり、息子らは疾うに成人し、曲がりなりにも自活している。それから友人は奥さんを亡くし、新しい奥さんとの間に生まれた一男一女は立派に社会人となり、友人は先頃その奥さんを喪《うしな》った。友人の郷里での葬儀に出向けなかった私は白い薔薇の花を届けた。長い長い、長い歳月が過ぎたのだ。人は往き、人は生《あ》れ、町は刻々変貌し、けれど私は変わらない。「からたちの花」を歌っている。心の中でのことなのだから、振り向くものは誰もいない。みな俯いて背を向けて、魔法の小函を覗き込み、いっしんふらん、彷徨《さまよ》うばかり。それにしても、と思うのだ。あの大勢のあの拍手、あのものたちは誰だったのか。何処へ失せたか。心の中でのことだけれども、みんなみんな、やさしかったよ。

産土行

うぶすなゆきのばすのりば
もくぞうえきのかたほとり
すこしくぼんだばすのりば
いまはもうないひとたちが
いまはもうないたばこのみ
いまはもうないあめをなめ
いまはもうないばすをまつ
うぶすなゆきのばすのりば
いまはもうないあのひとと
おさないぼくとよりそって

ほつれたいとのよりどころ
うぶすなゆきのばすをまつ
うぶすなゆきのばすのりば
いまはもうないばすだけが
いまもだれもをのせてゆく
だからだまってまっている
みんなだまってまっている
すこしわらってうつむいて
うぶすなゆきのばすのりば
もくぞうえきのかたほとり
すこしくぼんだばすのりば
ぺんきのはげたもじばんが
しわぶきひとつひをあびて
いまはもうないうぶすなへ
さんじさんじゅうごふんはつ

侏儒の人

夏の午后、炎天下をやってくる蕨餅売りは侏儒の人だった。鬚《あごひげ》も眉も真っ白な禿頭の老爺だった。小さな体軀《からだ》で曳いてきた屋台を止めて鈴《りん》を一振り、疳高い声で「わらびもちッ」と一言。周りに愛想振り撒くことなく黙って其処に佇っていた。私たち子どもは浮世離れしたその鈴の音《ね》に弱かった。何処からかワラワラと蝟集してきて一舟五円の蕨餅を我先に購い求めた。不衛生だからと眉顰《ひそ》める大人の声などそっちのけ、私たちは皆その人が好きだった。老爺のままの姿で忽然と世に顕《あらわ》れた何かの精だと信じていた。精自らの手でたっぷり黄粉を振り掛けたその玲瓏《れいろう》を私たちは夢中で頬張り嚥み込んだ。舟の底まで綺麗に舐《ねぶ》った。それは息を詰め清冽を潜《くぐ》る禊《みそぎ》のような清《すが》しさだった。やがて秋となり鈴の音が絶えると私たちは蕨餅のことを忘れ、また夏がきて鈴の音とともに老爺のことを思い出す、そのように時が過ぎ、私たちは何時しか大人になり、勿論あの老爺も疾っくに消えてしまった今頃になって、はや老いさらばえた胸に再び鈴が鳴り渡り狷高い呼び声が響くのだ。「わらびもちッ」。何処でどうしていたのだろう。恐らく生涯独身で、貧しい生計《たつき》のため蕨餅を丹精し続けるだけの長い孤独な歳月。大人なら誰もが良く察していただろうその境遇を、子どもは何も知らなかった。けれど子どもは皆知っていた。あの人は、私たちへ善きことを為すためにのみ遣わされた者――美しい精だったと。その鈴の音を、狷高い呼び声を思い出すたび、この世のものの他にない胸の何処か、この世のものとも思われぬあのときめきと清しさがまだ息づいているようで、良い齢《とし》をして、涙ぐましくなってくるのだ。

異装の月

こんや異装のげん月のした。宮沢賢治「原体剣舞連」の第一行が込み上げてきた。書店での一仕事を終え、ぼおっと天井を見上げていたある午后のこと。それは堪らない郷愁と羨望だった。深刻な解析が様々に成される作品だが、それらとは裏腹に、込み上げてきたその第一行には幸福な青年賢治の横顔があった。孤独な求道者である以前に恵まれた本家の長男であり長兄でもあった賢治の幸福が、まるでわがことのように私の中から込み上げてきたのだった。皆で集まれば芸術談義に花を咲かせたという仲良し兄弟妹《きょうだい》、宗教上の反目こそあれ畏敬して已まない厳父、そして慈母。かれらの愛に包まれた賢治が幸福でないはずはなかった。「原体剣舞連」の書かれた一九二二年といえば、私が生まれるほぼ三十年前だから勿論出会えたはずもないその一場面に、私は深い郷愁と羨望を覚えたのだった。しかし一方で厳父慈母はどうだったろう、最愛の長男にやがて先立たれるあのちちははは、と。大正デモクラシーという世相もあっただろうが、宮沢家は芸術面に熱く濃い血の家柄だったようだ。熱く濃い、といえば私の家も、母の実家もそのような家柄だった。米穀店でもあった母の実家には様々な能面狂言面が壁に掛けられ、独得な匂いがあった。ゴーガンの複製画に衝撃を受けたのもその家だった。祖母《ばあばん》を囲んだ大勢の伯父叔母従兄弟従姉妹に挟まれている楽しさを私は今も忘れない。あの車座の輪の何処かには、若かりし賢治の坊主頭もあったはずだが……。子は親になり親は老いやがては朽ちる。人の世は子から子へ刻々とあらたまり、過去は刻々と忘れ去られる理《ことわり》なのだが、その理の中でさえ決して喪《うしな》われることのない一場面がある。こんや異装のげん月のした。あの第一行を刻し、三十七歳で逝った賢治。彼を愛し、彼を育んだ跡形もないものたち。

その吐息が、土の匂いが、陽の温もりが、木々の葉擦れが、今、此処でのことのように、何の前触れもなく、私の中からまざまざと甦ってきたのだった。

とんちゃんのおうどんやさん

ガタピシの木戸を開ければウッとした。天にも昇る芳香だった。生まれた家の数軒隣にとんちゃんのおうどんやさんがあった。家は大家族で質素な暮しだったから滅多に食べさせてもらえない憧れのおうどんを前に夢心地だった。辛過ぎるからと母の取り除く唐辛子の赤がおうどんの出汁《だし》に溶けてゆく一部始終を凝《じっ》と視ていた。夏は手廻しの掻き氷。シャカシャカ氷を削る音、鮮やかな蜜の色、胸の空《す》くその匂い、独りで切り盛りする汗だくの小母さんの声、何もかも、気の遠くなるほど明るかった。とんちゃんは私より幾つか年長の凸坊で、まあちゃんというお兄さん、しおちゃんというお姉さんがいていつも一緒に遊んだ。その上にも齢《とし》の離れたお兄さんがいて、近所で評判の秀才だった。そのお兄さんがおうどんやさんにテレビというものを取り付けた。自らが組み立てたテレビだった。子どもたちには一大事だった。夕方五時の鐘の音とともにおうどんやさんが洟垂れ小僧どもで溢れた。私はその青白く乱れる画面に信じられない映像を見た。疾風《はやて》のように現れる、月光仮面。翌日から私は風呂敷を首に巻き三輪車を駆り、月光仮面となった。「わッ、月光仮面よッ」。下校時の女学生から冷かされるのが癪だった。真剣だった。放っといてくれ。そう念じつつ風呂敷が風に靡《なび》く様を横目に恍惚《うっとり》していた。とんちゃんと喧嘩したらテレビを見せてくれなかったとんちゃんのおうどんやさん。ガタピシの木戸を開ければウッとした。それは煮干の出汁やら葱やら汗やら様々な生活臭の入り混じった悪臭に違いなかったが、この世の新参者である幼いものにとっては、この世に生まれた甲斐のある希望の匂い——泣きたいような芳香だった。みんなみんな貧しかった。とんちゃんのおうどんやさんの脇には生活用水の注ぐ井手《いで》があり、その井手は田圃《たんぼ》へ注いだ。縦横に流れる用水では季節毎に螢が舞い兜蟹の幼生が銀河のように渦巻いた。田圃は菜の花畠へ続き、道に迷うほどいちめんの菜の花畠を愛犬コロ連れ彷徨《さまよ》い歩いた。時々立ち佇まってコロはポリポリ旨そうに菜の花を食べるのだった。私とコロはそれから何処へ、どう帰って往ったのだろう。

とんちゃんのおうどんやさんが私の中から込み上げてきたのは、義父の三十五日法要へ妻と連れ立ち車窓を眺めていたときのことだった。漁師町から環境の異なる農家へ婿入りし、その本家を義父は無言で支えて逝った。一人娘を嫁がせるのはどれほど淋しく無念だったろう。正月毎に幼い倅どもを連れてお邪魔する度、皺深い眼をしばたたかせ孫を見遣った。無言で酒を干しながら。——そうか、とんちゃんのおうどんやさんなら義父にだってあったのだ。電車の中でその思いが熱く苦しく込み上げてきたのだった。納骨を翌日に控え、代々墓の掃除を終える頃には夕靄が濃く立ち籠めてきた。小高い山の上に建てられた墓からは田圃に続く菜の花畠が一望の下に見渡せた。軍手姿の妻と並んで陶然と眺めていた。義父が帰って往かれるのだ、そう思った。陽の沈み終えた菜の花畠の中を、子犬を連れたおさな子が見え隠れしながら、やがてゆっくり見えなくなった。

肩車

きさえあったらさるのよう
おおよろこびでのぼったな
きだってよろこんでたもんな
あのえだのうえそのうえへ
いつでもはだしでのぼったな
ひやひやわくわくのぼったな
かたぐるまでもされたよう
そこからなんでもみえたっけ
しらないまちもしらないかわも
しらないさきまでみえたっけ

ほんとにきもちよかったな
いまではだれものぼらない
きにはながさきはなはちり
いつもながらにあおばして
けれどなんだかさびしそう
こだちもこどももさびしそう
しらないいまちもしらないかわも
しらないいさきもみえなくて
ひやひやもなくわくわくもなく
ひはのぼりまたひがしずみ

揚々と

きょうはもうはやくかえろう
こんなにくたびれはてたから
どんなさそいもことわって
どんなしごともなげうって
きょうはもうかえってしまおう
いつものみちをいつものように
いつものでんしゃをのりかえて
いつものようにいつものみちを
ようようとぼくはかえろう
やさしいあかりのともるまで

さかなやくけむりのにおい
なつかしい
わがやのまえもゆきすぎて
ゆめみるように
ひとりかえろう

夢中

あいついまごろゆめんなか
そうおもってははたらいた
つめたいあめのあけがたに
あせみずたらすまよなかに
あいついまごろゆめんなか
そうおもったらはたらけた
そんなつめたいあけがたも
あせみずたらすまよなかも
いまではとおいゆめのよう
とおいとおいいほしのよう

あいつどうしているのやら
こもごもおもいはせながら
といきついたりわらったり
めをとじたきりひとしきり
けれどいまでもゆめんなか
あいつまでもゆめんなか
こんなやみよのどこかしら
あいつだれかもわすれたが

弥生狂想

いつかゆめみられたぼくが
いまもあるいているように
こんなとしよせくたびれて
ここをあるいているように

いつかゆめみたあのぼくは
いまもどこかにいるような
こんなとしよせくたびれた
ぼくをゆめみているような

いまもいつかもゆめのなか
ゆめならいつかさめそうで
ここもどこかもゆめのなか
どこかであくびするおとが

やよいさんがつかぜふけば
かわいいこえもはこばれて
こんなとしよせくたびれた
ぼくはとっくにきえうせて

運命

私は風船が怖い。物言わぬ軽みが怖い。いまにも張り裂けんばかりの照りが怖い。遠く見掛けただけでさえ穴があったら入りたいほど畏《おそ》ろしい。かたく眼を閉じ掌《て》を耳にあて三十六計逃げるに如《し》かず。ところがそうはゆかなかった。どんな運命の悪戯《いたずら》か、その風船が春風に乗り麗かに店内侵入してきたのだ。客たちはみなそ知らぬ顔の立ち読みさなか、店員私は独り異物を店外撤去せにゃならず、南無三宝、おっかなびっくりへっぴりごしで抱えた途端鼻先で大音響の大破裂。失神しかけの私を振り向き客たちはみな白い眼だ。不運は斯様《かよう》に忍び寄る。逃げ隠れても何処までも執念《しゅうね》く私へ忍び寄るそやつを捕え一瞬間で締め上げて泥を吐かせる裏稼業さ。ざまあみろ。

未来

これですよ
ゆびさしたのは
ぬぎすてられたぼろジャンパー
これもです
ペットボトルにあきかんのやま
そうしてこれも
エレヴェイタアはへどのうみ
かれらにちがいないですな
とうとうやってきましたな
かたをおとしてためいきついて

あおざめているわれら旧人
われらとかれら新人は
ヒトであっても係累はなく
うけつぎつがれるなにもなく
なきがらにたむけたはなも
うたをうたったおもいでも
ゆめもたばこもればさしも
わすれさられるさだめだろうが
どうせわれらは絶滅危惧種
おもいのこしたなにもない
こんなみらいにみれんはないさ
そろそろかれらのおでましだ
ケータイかたてにかたいからせて
当世暴君おでましだ
しっぽをまいてたいさんだ

新人さまのばらいろの
かがやけるみらいのかなた
まなこらんらんかがやかせ
おいかけてくるもののかげ
またおいすがるいきづかい
幕開けだ！

千両

へんなひとたちばかりいる
へんなみらいにいきている
わたしはへんなじいさんだから
へんなところにいるのだろうが
ほんとのところほんとうは
こんなところにいたくない
むかしながらのこのほしで
むかしながらにくらしたい
けれどむかしはかえらない
ひとはいよいよへんになり

ますますみらいはへんになり
わたしはみるみるおいぼれて
やがてくちはてきえうせるとき
まってましたといわんばかりに
あかるいよいのひとつぼし
むかしながらにあおあおと

白洲

あやしいものではありません
かくしだてなどめっそうな
ためにならぬとおおせられても
みにおぼえないこのしおき
いつものようにうちをでて
いつものようにはたらいて
いつものようにただいまと
ほかにはなにもありません
　だまらっしゃい
もうしひらきはそれまでか

わるいうわさがあちこちで
　みんなおまえにまつわるうわさ
おまちくださいはんがんさま
あまあとのあのにじだって
あのいちめんのほしぼしだって
きぎのはずれやむしのねだって
みんなわたしのなかにあるもの
もとよりともにあるものゆえに
よろこばずにはおれません
いつものようにうちをでて
いつものようにわくわくと
うきうきとただどきどきと
　そのわくわくがもんだいじゃ
　うきうきもまたこまりもの
　どきどきなぞはもってのほか

ひとごころさわがせたるつみ
　かるからず
　　かくごいたせ
そこでわたしはおもむろに
もろはだぬいでたちあがる
べらんめえ
せなできらめくまんてんのほし
よっくみやがれ
わくわくうきうきどきどきと
さんまんねんかんいきてきた
このひとのよにかくれもねえ
あやしいものたあおれのこと
おおみえきったそのせつな
　おっさんこのあしふんどんぞ
いつものゆめをやぶられて

ケータイかたてのわかものに
おおあせかきかきあやまって
またあせをふくバスのなか
はまのまさごのつきるとも
あやしいもののたねはつきまじ
ででんでん……

企て

さんぐらすしているとはいえ
あぶないものではありません
ちかごろめっきりめがよわり

ますくをつけているとはいえ
あやしいものではありません
かふんにまいっているだけで

このずだぶくろのなかですか
これはおひるのおむすびです

ふしんなものなどなにひとつ

わたしはこれからつとめにでかけ
よもふけまさるころかえってくる
ただそれだけのじいさんなのに

それでもあぶないあやしいと
それほどいぶかしまれるなら
あなたへこっそりうちあける

ばすつくまでのつかのまに
ほんとうは
こんなあぶないくわだてを

それがなにかはいえないけれど

ほんとうに
こんなあやしいたくらみを

たったいま
あなたへおめにかけましょう
ささやかなこのことのはで

人事

よるとしなみにはかてないと
いつかよくきかされたけど
なんのことやらわからずに
ただゆきすぎておいこして
えきのかいだんとぼとぼと
ひとりうつむきのぼるころ
こみあげてくるこのおもい
よるとしなみにはかてないな
どこをまわってへめぐって
うちよせたのかこのおもい

あすのわがみもしらぬげに
ただゆきすぎておいこして
よるとしなみにさらわれて
こんなさかんなゆうばえを
ひとごとのようほれぼれと

星空

しんじられないことだけれども
こんなにむごいひとのよに
まだぼくをまつひとがいて
まだぼくをまつそのもとへ
はなうたまじり
かえってゆくが
ほんとはそんなひともなく
ほんとはそんなぼくもなく
こんなにむごいひとのよは
あかりしらじらまたたいて

ねこがよぎればそれきりの
あけくれかさねゆくばかり
そんなこのよのどこかしら
ぼくをなおまつひとがいて
ぼくをなおまつそのもとへ
はなうたまじり
ひとりぼっちで
こんなにむごいひとのよは
いつしかよるもふけまさり
しんじられないことだけれども
ほしぞらのようまたたいて

赦されて

ぼくはなんにもできなかったし
なんにもしてやれなかったし
そのうえなんにもおぼえてないし
どんなばちでもあたっていいのに
どこかではなのにおいがし
やさしいにおいがながれてき
みんなすっかりわすれはて
きれいさっぱりわすれはて
ここはいったいどこいらの
いったいいまはいつころか

なんだかなつかしいひざに
しどけなくただあまたれて
びろおどばりのあるばむの
せぴあいろしたいちまいに
もうあとかたもないものたちと
うまれてまもないこのぼくと
ぼくだけいまにもなきそうに
あらぬかたみて

日和

うちをでて
ばすにのる
までのつかのま
きせつはずれのうろこぐも
こころがそらにすわれそう
でも
にんげんばかりがいとわしく
にんげんわたしがうとましく
にんげんとすれちがうたび
しかつめらしくめをそらし

なにおもうのかうつむいて
でも
くさばなはかぜによろこび
こころもかぜにそよぎそう
こんないいおひよりのあさ
うちをでて
ばすにのる
ほんのつかのま
のしりのしりとあしあとが
おおきなふるいあしあとが
うちよりずっととおくから
ばすもかよわぬずっとさき
へと
にんげんわたし
おきざりにして

人類

ゲンパツの跡地から
恐竜の骨が出土した
恐竜が絶滅したのは
おおよそ六千五百万年前
いわゆる白亜紀末のこと
ジンルイの影もなかった
いったい何があったのか

おおよそ六千五百万年前
いわゆる西暦二千数十年
跡地は更地へあらたまり
やがて野花が咲きみだれ
人影はどこにもなかった

野辺微風

こんなことでも　なかったら
こうして　であえなかったろうに

こんなことでも　なかったら
だれとも　であえなかったろうに

こんなことでも　なかったら
こんなことでも　なかったら

けれども　あいたくなんかなかった

だれとも　あいたくなんかなかった

こんなことさえ　なかったら
こんなところで　ひとりきり

こんなことさえ　なかったら
みんなおんなじ　ひとりきり

こんなことさえ　なかったら
こんなことさえ　なかったら

こうして　さいて　いられたろうに
いちめん　ゆれて　いられたろうに

草葉

こんなところでみおろせば
いろんなはながさきみだれ
いろんなくさがおいしげり

くさばのかげではたくさんの
いろんなちいさなものたちが
あちこちいったりきたりして

なもないあんなものたちも
ああしてゆききするところ

かえるところがあるんだな

さくらのころもすぎこして
いまはあおばがかがやいて
いつかこずえがかぜにゆれ

それをだまってみあげている
ばすまつまでのつかのまを
みんなだまってかたよせて

ひがしずみまたひはのぼり
ひはのぼりまたひがしずみ
くさばのかげにひがともり

おちこちあかりのうるむころ

あんなところでだれかしら
みおろしているいまもまだ

雲の祭日

或る休日、こころ細げに妻が言った。昌《しょう》ちゃんと連絡が取れないの。何度か留守電にも入れたんだけれど。昌ちゃんとは上の伜のことなのだが、つい一ヶ月ほど前に家《うち》へ招《よ》んで鮨をつまみ久々に酒を飲んだのだった。ハケンを止めてシュウカツをして漸く社員に採用されたこと、運転免許も取ったことを珍しく得意げに話す伜の肩を叩きながら見送ったばかりだった。携帯不通なんてこれまで一度もなかったことで、俄《にわか》に不安になってきた。改めて私の手で電話しても空しくコールが繰り返されるのみ。そんなこと、どうしてはやくおしえないかッ。ズボンを穿き、シャツを羽織ると後から妻も随《つ》いてきた。残暑の厳しい午后だった。歩き始めた途端、自らの脚の衰えが身に沁みてきた。二駅ほどの距離なのだが、伜のアパートへ赴くのは私たちには初めてだった。何という薄情なちちははだったか。妻に導かれてそれらしい町名のそれらしい番地へ近付くにつれ、だんだん伜がこの世のものではなくなっているような気がしてきた。居ても立っても居られぬ思いで私は脚を引き摺り歩いた。それらしいアパートを目掛け、二階だという部屋を探し、インターホンを押すが誰も出ない。郵便受けには緑のテープが貼られてい、空き部屋だろうと妻が言う。他の部屋も同様にしてみたが誰も出てきてくれない。在宅らしい気配はあるのに、現在は何処もそうなのだろうか。またもや居ても立っても居られなくなってきた私へ妻が、引越ししちゃったのかもしれないね、と囁いた。何があったんだろう、あいつ。私たちは途方に暮れて佇ち尽くした。蜩の声が急に耳へつき始めた。しかし、このまま家へは帰れない。更に番地を尋ね、あちこちと刑事のように訊いて回る内、露地にしゃがみこんで盆栽を弄《いじ》っていた老爺と出会い、恐れ入りますが……何度も大声で問い返す末に、遠い耳へ掌を翳しつつ、ああ、そのアパートならすぐ裏じゃよ、漸く呟いてくれたのだった。鉢植えのある狭い階段を藁にも縋る思いで登り、妻と並んで角部屋のインターホンを押すと、ハイ、と応《いら》えがあった。恐れ入りますが……とこちらの挨拶も終わらぬ内にドアが開き、ど、どうしたの、ビックリ仰天の見慣れた顔があらわれた。伜は買い換えて間もない携帯の新たな電話番号を私たちへ伝えた。ただそれだけのことで私の胸は一杯になり、財布にあったありったけを伜に手渡ししていたのだった。とはいえそれは一万円ほどにすぎなかったが。鰻でも喰えばいいからとしどろもどろな父を怪訝そうに眺めていた伜は、やがて遠い遠いかつてのような輝かしい笑顔で一瞬、父を見遣った。茶一杯招ばれなかったが、嬉しかった。勤務先からの急な電話に応える伜の、それなりに頼もしくなりつつある声を背に私たちは部屋を出た。一万円は痛かったな。いいよ、それくらい。夕闇の籠め始めた帰路、バスに乗れば良いものを、私も妻も何か高揚して歩道を歩んだ。子がいてくれるのは、いいな。

うん。そしてまた黙って歩いた。遠くを台風が過ぎるらしい夕映えの終わりの空には様々な姿した雲が様々に姿変えつつ流れ、だんだん涼しくなってきた。背中の汗、すごいよ。妻が囁いた。ヒトのこと、言えるか。私は応えた。肩を並べて初めての家路だったが、家にはまだ、まだ遠いのだ。

夕星

たのもいちめんゆうやみがこめ
のびたきをするにおいがながれ
ぼくはとほうにくれてしまって
ぽつねんとたたずんでいた
おさないころのことだった
あのひとときがむかしになって
もうあとかたもなくなって
けれどこころのどこかしら
そのままそっくりのこっていて
だれのこころかしらないが

ゆうずつうかぶそらのした
ぽつねんとまだ
とほうにくれて

晩鐘

おやすみのひのごごごじは
なにがあってもといれにはいる
ごごごじのかねきくためだ
どこでなるのかしらないが
たばこつかのまくゆらせながら
ゆうやけこやけきいているのだ
そういえば
もといたへやのまどべでも
ゆうやけこやけきいたものだな
どこでならすかしれないが

もといたへやのあのころを
いまいるここでおもいだしては
ごごごじのかねきいているのだ
そういえば
もっとむかしのむかしのころも
ごごごじのかねきいたものだな
ゆうやけこやけじゃなかったが
あのかねのおときくたびに
なにやらそぞろみにしみて
かえらなければならないと
もうはやく
かえらなければならないと
ぼくにはかえるうちがあり
ちちははがおりあねがおり
そふぼもコロもまっているのに

そんなうちよりとおいうち
ぼくはうまれてまもないくせに
むかしむかしにくらしたうちが
いまでもぼくをよぶようで
なにやらそぞろみにしみて
そういえば
いまはもうないあのころを
いまいるここでおもいだしては
ごごごじのかね
いつもひとりで

夢

ほら　あなた
ユメミテイルメ
おや　そうか
なにをユメミテいたのかな
あとへあとへとゆきすぎる
きのうおととい　さきおととい
バスのまどにはきょうのそら
ゆううつなそのくもまから
けさもきれいなひがさして
ああそらのおくそらのおく

あなた　また
ユメミテイルメ
いくらそんなにいわれても
あとからあとからきりもない
あしたあさってしあさって
ゆううつなそのくもまにも
さしこんでくる
ひとすじのユメ

封緘

恥ずかしい思い出だが、どうしても書いておかなければならない。三十年以上昔のことだ。私を乗せたタクシーは、やきとりいせやの前から山本太郎さんのお宅へ向けて走り出した。私は可成酔っていたと思うのだが、運転手さんへ何かしきりに話し掛けるうち涙が込み上げてきて、その涙が嗚咽《おえつ》に変わり、その嗚咽を我慢出来ないばかりか殆ど慟哭にちかいありさまでいる自分に半ばはあきれはてながら、どうすることも出来なかった。あんたのきもちよくわかるよ、おれにもおんなじころがあった。初老の運転手さんのなぐさめの言葉と、車窓遙かに広がっていた初めて見るような夕映えの空を今もまだ良く憶えている。そして、その広い広い夕映えの下へ投げ出されたような身一点であることの、これまでにない心細さとすがすがしさも。人生にもとば口というものがあるのなら、あのとき私は其処に立たされていたのだと思う。誰もが経なければならない、しかし、誰もとおなじただそれだけのことが、私だけに科された巨きな障壁に感じられたのだと思う。その障壁を前に受難者まがいの感傷に浸りきっていたのだと思う。灯の点る窓に山本太郎の影を認めたとき、ほんとうは、ただ太郎さんに甘ったれたかっただけの愚かさが急に良く見えてきて、何だか拍子抜けがして、けれどタクシーの中でさんざん泣いてきたのだからとわけのわからぬ納得をゆかせて、私は呼び鈴を押したのだった。悲しげな、笑っているような、巨きく見開かれたあの眼と、糺すでも、赦すでもない、どうした、というあの一言に触れた途端、直《ただ》ちに辞去すべき己に気付いたのだったが、太郎さんはお仕事中の手で冷えた麦茶をポットから何度もグラスへ注いで下さり、私が話し終えた後も眼を閉じて黙っておられる。その間、私の甘い感傷など雲散霧消してしまっていた。ゆっくり眼を開いた太郎さんの口から、八戸《はちのへ》へいってみるか、という呟きが洩れ、私の狼狽にはおかまいなしに、便箋へ何か黙って書いておられる。いや、太郎さん、そんなところへはゆきたくない。まだ東京に居たいんです。此処でちゃんとやってゆきます。己の甘さをいくら責められようとも、私はあのとき太郎さんへそう告げるべきだったのだと思う。便箋を収めた封筒を私へ手渡しながら、もしほんとうにその気があるならば、太郎さんはそう前置きして、八戸に村次郎という詩人がいる。旅館の主《あるじ》だ。其処で働かせてもらってはどうか。下足番でも風呂掃除でもなんでもやるんだ。一生懸命働くんだ。封書はこのまま村さんに渡すこと。きみが開いて読んではならぬ。いいか。これまでにない厳しい表情で一息に言い終えてから、漸く破顔されたのだった。何もかもお見通しのような、悲しげな、笑っているような、巨きく見開かれた何時もの眼だった。太郎さんはあの夜、私を慰めも励ましもしなかった。太郎さんの前で、私はだから愚痴ひとつこぼせなかった。愚痴をこぼそうとしていた自分が限りなく恥ずかしかった。それは生まれて初めての、何処へも逃げ場のない恥ずかしさだった。その恥ずかしさを、何処へも逃げず、誰の手も借りず、己独りで償うこと。太郎さんはあの夜、翔び立ち兼ねて立ち竦んでいる雛の背を、静かに、しかし敢然と押して下さったのだと思う。良く晴れた翌朝の出勤途上の電話口にて、八戸にはゆかないこと、性根を入れ替え東京で頑張ることを太郎さんに誓ってからはや三十年以上経ち、何時しか妻を得、子どもらをもうけ、子どもらは疾うに巣立ち、私は還暦、定年を迎えた。その間、太郎さんが紹介状を書いて下さった村次郎氏と旅館のことを忘れたことはなかった。棟方志功の泥絵のある鮫町の旅館石田屋を、私はどうしても一度訪わねばならなかった。村次郎様と表書きのされた紹介状、読んではならぬと太郎さんから釘を刺されたあの紹介状を、村氏へお渡ししなければならない私には義務があったのだが、果たせぬままになってしまった。太郎さん逝き村次郎氏逝き、往き場を失った紹介状は今も封緘されたまま私の手元に遺されてある。悲しげな、笑っているような、巨きく見開かれた何時もの眼が、糺すでも、赦すでもなく、今も黙って私を見ている。

寒雀

いつかまた
しあわせなひのくることを
いつかまた
ともにあるひのくることを
おもっていまは
まいりましょう
めぐりくるそのときまでは
こんなけわしいひとのよの
ひとのころもをぬぎすてて
いまはとびたつ
ひとりひとりで

不思議　あとがきにかえて

三十五年間勤続した本屋が閉業を迎える。二十六歳から半生以上を同じ本屋で働かせてもらえた。有難いことだった。しかし詩はそれよりも遙か以前、中学二年の十三歳から書き始めていた。六十六冊の大学ノート清書稿をこの機に最初から読み返すうち、私の詩は、十三歳で詩を書き始める以前、詩的未生以前から噴出していることに気付いた。爾来ほぼ半世紀に渉る間断ない営みその悉《ことごと》くが、一篇の例外もなくそうであったことに。かつての高校受験落第から今日の勤務終焉に至るまでにも様々な四苦八苦を様々に体験したが、四苦八苦に沿うてのみ詩は粛々と奔流し続けた。詩を知る以前、四苦も八苦もないあの暗黒の未生領域から。何もかもお見通しのように。

それにしても私が十三歳の頃といえば、装幀を手掛けて下さった高貝弘也さんはよちよち歩きでいらしたろうし、色々お骨折り頂いた藤井一乃さんはこの世のものでさえなかったろう。それを思えば不思議な気がする。この度の一巻もまた紅顔の少年と、よちよち歩きの坊やと、未だこの世のものでさえない魂の所産。今も昔も四苦と八苦で凪ぎ渡る苦海に変わりはないが、それを思えば尚更不思議だ。

池井昌樹

二〇一四年五月吉日

池井昌樹

一九五三年香川県生れ。

詩集

『理科系の路地まで』　一九七七
『鮫肌鐵道』　一九七八
『これは、きたない』　一九七九
『旧約』　一九八一
『沢海』　一九八三
『ぽたいのいる家』　一九八六
『この生は、気味わるいなあ』　一九九〇
『水源行』　一九九三
『黒いサンタクロース』　一九九五
『晴夜』　一九九七
『月下の一群』　一九九九
『現代詩文庫164　池井昌樹詩集』　二〇〇一
『一輪』　二〇〇三
『童子』　二〇〇六
『眠れる旅人』　二〇〇八
『母家』　二〇一〇
『明星』　二〇一二

冠《かん》雪《せつ》富《ふ》士《じ》

著者
池井《いけい》昌樹《まさき》
発行者
小田久郎
発行所
株式会社思潮社
〒一六二—〇八四二　東京都新宿区市谷砂土原町三—十五
電話〇三（三二六七）八一五三（営業）・八一四一（編集）
印刷
創栄図書印刷株式会社
製本
小高製本工業株式会社
発行日
二〇一四年六月三十日

冠雪富士

池井昌樹

思潮社